乡客诗词集

徐主平 ◎ 著

·广州·

版权所有　翻印必究

图书在版编目（CIP）数据

乡客诗词集/徐主平著. —广州：中山大学出版社，2015.11

ISBN 978-7-306-05487-6

Ⅰ. ①乡… Ⅱ. ①徐… Ⅲ. ①诗词—作品集—中国—当代 Ⅳ. ①I227

中国版本图书馆 CIP 数据核字（2015）第 248159 号

出版人：	徐　劲
策划编辑：	钟永源　梁惠芳
责任编辑：	钟永源
助理编辑：	莫嘉琪
封面设计：	林绵华
责任校对：	杨文泉
责任技编：	何雅涛
出版发行：	中山大学出版社
电　话：	编辑部 020-84111996，84113349，84111997，84110779
	发行部 020-84111998，84111981，84111160
地　址：	广州市新港西路 135 号
邮　编：	510275　传真：020-84036565
网　址：	http://www.zsup.com.cn　E-mail：zdcbs@mail.sysu.edu.cn
印刷者：	虎彩印艺股份有限公司
规　格：	635mm×690mm　1/16　11 印张　196 千字
版次印次：	2015 年 11 月第 1 版　2015 年 11 月第 1 次印刷
定　价：	33.00 元

如发现本书因印装质量影响阅读，请与出版社发行部联系调换

简 介
（代序）

今年九月三日，在北京天安门广场隆重举行纪念中国人民抗日战争暨世界反法西斯战争胜利七十周年大会，以盛大阅兵仪式，同世界人民一起纪念这一伟大的日子。威严精彩，振奋人心，特吟诗一首入序言。《阅兵感怀》：

主席军严固国京，官兵应召震天庭。
银枭列宇高精彩，空海长城铁铸成。
天网隐形弹导织，锐箭飞歼敌鹰鲸。
英雄巨舰东方港，众纪传兴卫国城。
合作共赢兴世界，裁军反霸树和平。

历史告诉我们，只有和平的环境、国家安全、社会稳定，人民才有幸福的生活。

我们党领导的改革开放，取得了宏伟殷实的成果，令人欢欣鼓舞。我要挑起夕阳晚霞，亮而延辉，升热奉献。

今天，我们的国家繁荣昌盛，国富民安，人民的温饱生活基本解决。深感蜜甜。《感时》：

晚年霞艳乐欢天，忆少衣条串榆钱。
昔日儿惊无饭食，今求公子吃餐餐。

国家富强，社会物质丰富，市场繁荣，迎春花市五彩缤纷。《花街竞美》：

斗艳霓虹会万花，龙春老少竞芳华。
农翁春艳花花眼，瞄慕桃姑姑叫爸。

老农脸红街前事，为什么？富裕了，节日衣着如花，花了眼唷！

当今，清平盛世，果丰满川。同一大地之生物，有贪生，有随缘健活。《咏石松》：

> 瘦嵴嶙峋一劲松，鳞根破石活途通。
> 风来自信扬青发，笑看农田嫩菜葱。

你这菜葱，贪生好人供养，似是"福"着。谁知，丰盛莹体之时，农兄一刀或连根拔掉。还是我这石松好，自食其力，风来呵呵自得高风亮节——狂风巍然索地守峰。

中华崛起，红威天下。深感华民之福，夕阳之美。《夕阳秋枫山》：

> 燃燃枫火宅摇烟，酉日敷红染宇川。
> 轮着陷山熔岭急，烟牛追艳客扬鞭。

太阳快下去了，分秒金贵，我必须乘这东风，只争朝夕，扬鞭追赶——学习诗词写作。《老有所乐》：

> 耆老神怡忘日斜，赋诗描景又颂花。
> 歌天懿德兴民福，评府施仁杀恶邪。
> 击月敲星调美韵，搂山纳海寓灵华。
> 巧成幽默诗情意，自赏吟哦乐品茶。

勤耕必有获，今收集成书，微作奉献。

诗词集依秉：山水田园、静物魂灵、事悟灵感、人缘灵理、四季气灵、植物灵气、动物灵窍、运动灵健、吟哦启思为目著成。书展显：山河的美丽；动植物的灵生活窍，生态和谐美景；颂扬为人造福的人缘美德；诗，大众语言，幽默寓志。因我学识有限，错漏之处在所难免，深望读者不吝赐教。谢谢。

徐主平
二〇一五年秋

目　　录

一、山水田园篇

瞰羊城春 …………… 002
登山 ………………… 002
游白云山 …………… 003
登秋山 ……………… 003
夕阳秋枫山 ………… 004
烟雨山居 …………… 004
秋山黄昏美 ………… 004
游鼎湖山庆云寺 …… 005
访高山水库 ………… 005
访山岳农庄兄 ……… 006
酉时山村美 ………… 006
乡湖白鹅 …………… 007
乡山鹧鸪喧 ………… 007
深山寒 ……………… 007
山湖晨 ……………… 008
咏暮秋 ……………… 008
日潜乡山美 ………… 008
湖边 ………………… 009
晓阳集约园 ………… 009
抛插莳田时 ………… 009
溪水 ………………… 010
山河丽 ……………… 010
秋乡景 ……………… 010
湖边乐 ……………… 011
敬暮阳秋 …………… 011
晨阳细雨柳荷田 …… 011

故乡春 ……………… 012
海浪花 ……………… 012
东风撩春容 ………… 012
江南美 ……………… 013
天堂山 ……………… 013
天云 ………………… 013
旅游文化节珠江夜 … 014
春阳 ………………… 014
步康乐园 …………… 014
波 …………………… 015
鹤湖山 ……………… 015
忆乐昌干校冰景 …… 015
祖墓山 ……………… 016
夜钓珠江 …………… 016
夜游珠江 …………… 016
夜静湖天 …………… 017
晨阳湖 ……………… 017
冬山颜 ……………… 017
沙环气象站 ………… 018
夏荷池 ……………… 018
夕阳杜鹃山 ………… 018
步巽寮湾 …………… 019
荷堤观柳 …………… 019
中秋东山湖夜 ……… 019
夕阳春山美 ………… 020
渔歌子·乡山水 …… 020
南乡子·游南沙湿地公园
　………………………… 020

001

鹧鸪天·国际龙舟邀请赛
.... 021
江南春·游南沙湿地公园
.... 021
锦缠道·中山大学校景抒怀
.... 021

东湖中秋月 033
康乐园赏月 033
追月 033
岗虫鸣月 034
中秋云月 034
筷子 034
长短句·珍夕阳 035

二、静物魂灵篇

咏石灰石 024
咏秤 024
咏蜡烛 024
竹影 025
天雨 025
煤气 025
银发有感 026
哑墨声千里 026
粉笔 026
笔 027
伞 027
影 028
麻将 028
字典 028
钱 029
校园桃 029
游森林公园 029
灯 030
春夜静月 030
讽风筝 030
祖祠 031
月初月 031
月圆逗风欢 031
中秋月 032
十五月明圆 032
深情江月 032

三、事悟灵感篇

世界第一大坝 038
神舟五号 038
神舟十号 039
中华2006年的春雷 039
花街竞美 039
耕 040
改革赞 040
荔枝村 040
犬年春 041
乡友中秋情 041
八十寿欢言 041
蟹餐 042
回乡感 042
恩 042
酉时闲 043
双老步梅园 043
夜垂纶 043
独守孤仓鹰夜鸣 044
善勤 044
百花路 044
旱河垂钓 045
旱桥钓鲤鸳鸯 045
答旱桥钓鲤鸳鸯 045
耋翁闲 046
中华中秋节 046

目 录

和平鸽 …………… 046
游葫芦山 ………… 047
病入中秋月下酌 … 047
孤庭中秋 ………… 047
卢沟桥事变七十周年 … 048
南京大屠杀七十周年 … 048
省庆老人节 ……… 048
大学湖 …………… 049
孝 ………………… 049
题永芳堂 ………… 049
惜春 ……………… 050
狼狐吠日 ………… 050
汶川大地震 ……… 050
国庆六十周年颂 … 051
港澳回归 ………… 051
爱我中华 ………… 052
中国共产党九十诞辰颂
…………………… 052
八一颂 …………… 053
长征 ……………… 053
台湾野蝉 ………… 053
农姑考上大学 …… 054
思春 ……………… 054
爱惜时光 ………… 054
康乐园中秋夜 …… 055
枇杷果园 ………… 055
枇杷果专业户 …… 055
老园丁 …………… 056
庆香港回归十周年 … 056
钗头凤·七七事变南京大屠杀七十周年 …… 056
绵缠道·神舟九接天宫一号
…………………… 057

四、人缘灵理篇

夕阳童叟乐 ……… 060
问好龙门环保君 … 060
老人淡泊健身 …… 060
人生 ……………… 061
古稀醉夕阳 ……… 061
古稀初渡暮秋 …… 061
古稀抒怀 ………… 062
答友人问安 ……… 062
妻六十一寿宴 …… 062
宝石婚 …………… 063
探妻农事蝉鸣 …… 063
忆怀感 …………… 064
感时 ……………… 064
父亲的蜡烛 ……… 064
老人健身 ………… 065
怀远 ……………… 065
健男 ……………… 065
鸭司令 …………… 066
探妻回途见白鹭 … 066
老伴 ……………… 066
说处世 …………… 067
论档案黑语 ……… 067
家和福 …………… 067
孤雁夜寒飞 ……… 068
缅怀周恩来 ……… 068
颂毛泽东 ………… 068
白天鹅美 ………… 069
胡连牵手 ………… 069
朱镕基总理 ……… 069
人生风雨 ………… 070
习善 ……………… 070
怀念邓小平 ……… 070

003

贺中山大学耄耋老人寿宴 …… 071	霜冻 …… 083
中华伟人 …… 071	农家二十四节令 …… 083
忆近代史 …… 071	立春 …… 083
描伪君子 …… 072	雨水 …… 083
善事 …… 072	惊蛰 …… 083
中山大学老人寿宴感怀 …… 072	春分 …… 083
醉汉欲钓 …… 073	清明 …… 084
老有所乐 …… 073	谷雨 …… 084
它非竹 …… 073	立夏 …… 084
讽蜘蛛 …… 074	小满 …… 084
纽约蟹 …… 074	芒种 …… 084
美国乌鸦 …… 074	夏至 …… 084
美国钓鱼郎 …… 075	小暑 …… 084
钗头凤·日本"二战"罪与今日 …… 075	大暑 …… 085
忆江南·纪念邓小平南方谈话20周年 …… 075	立秋 …… 085
	处暑 …… 085
	白露 …… 085
	秋分 …… 085
	寒露 …… 085
	霜降 …… 085
	立冬 …… 085

五、四季气灵篇

春时 …… 078	小雪 …… 086
春雨 …… 078	大雪 …… 086
春景 …… 079	冬至 …… 086
春雷 …… 079	小寒 …… 086
仲春 …… 080	大寒 …… 086
亲春 …… 080	
怀春 …… 080	## 六、植物灵气篇
夏情 …… 081	咏石松 …… 088
秋情 …… 081	春松林 …… 088
秋实 …… 081	夏风松 …… 088
冰雪 …… 082	杜鹃花 …… 089
云 …… 082	咏竹 …… 089
风 …… 082	棚竿竹 …… 090

咏竹笋	090	葱	104
竹子	091	蒜	104
咏夏荷	091	木棉	104
咏荷	091	紫荆花	105
风荷	092	丝瓜田	105
雨荷	093	咏高粱	105
莲	093	品瓜	106
荷蕾	094	咏大王椰	106
晨莲	094	咏学堂竹	106
咏秋荷	095	野蔷薇	107
康乐园中五月荷	095	指天椒	107
秋树	095	花生	107
寒三友	096	咏中山大学大王椰	108
文竹	096	中山大学古樟	108
园中花	096	咏中山大学古榕	108
咏枇杷	097	赏昙花	109
向日葵	097	咏柳	109
甘蔗	098	咏棕竹	109
含羞草	098	牡丹花	110
桃花	098	老树回春	110
傲桃花	099	病李	110
咏梅花	099	跳舞兰	111
小青草	099	苏铁树	111
讽罂粟	100	阳台小花	111
水浮莲	100		
讽牵牛花	100	**七、动物灵窍篇**	
果	101		
咏香蕉	101	老黄牛	114
红薯	101	喜鹊	114
怜木瓜	102	蜻蜓	115
玫瑰	102	咏工蜂	115
春叶	102	咏蜜蜂	116
金银花	103	勤蜂怨	117
咏菊	103	花蜜甜	117
咏苦瓜	103	萤火虫	117

讽蝉	118	讽翠鸟	131
问蝉	118	林中蜘蛛	132
题蝉	119	蜘蛛	132
十五月蝉	119	讽蝙蝠	132
百鸟归巢	119	壁虎	133
晓蝉鸣	120	斑鸠鸣晨曲	133
妻听寒蝉	120	题虾	133
黄昏白鹭	120	虾答	134
蚊	121	蜈蚣	134
长颈鹿	121	螳螂	134
笼中鸟	121	蜥蜴	135
鼠	122	蟋蟀	135
松鼠	123	龙门三黄鬍须鸡	135
春蚕	123	公鸡鸣春村春情	136
讽蟹	124	毛虫	136
好猫	124	鱼天塘	136
家猫撒野	125	蛙鸣	137
妖猫	125	蚁	137
好依猫	125	蚂蟥	137
青蛙	126	家鸭	138
田螺	126	鸬鹚	138
犀牛	126	鲶鱼	138
蚌	127	飞蛾	139
啄木鸟	127	十六字令·鸳鸯	139
螳螂卧箕候杀	127	渔歌子·蚊落蛛网	139
蝴蝶	128	十六字令·蜘蛛	140
相思鸟	128	渔歌子·螃蟹	140
黄鳝	128	捣练子·螃蟹	140
巴儿狗	129	十六字令·牛	141
家犬	129	渔歌子·牛	141
咏马	129	渔歌子·鼠	141
驹	130	渔歌子·春蚕	142
讽八哥	130	捣练子·塘虱鱼	142
猴	131	十六字令·青蛙鸣	142
猪	131	捣练子·啄木鸟	143

目 录

渔歌子·啄木鸟 …… 143
渔歌子·蝶醉花间 …… 143
渔歌子·马 …… 144
渔歌子·猪 …… 144
十六字令·班鸠鸣 …… 144
捣练子·螳螂 …… 145
渔歌子·公鸡 …… 145
十六字令·蛀虫 …… 145
渔歌子·蛙 …… 146
渔歌子·鹰 …… 146
渔歌子·母鸡带雏学话
 …… 146

八、运动灵健篇

世界乒乓球赛 …… 148
东亚健将 …… 148
晨运 …… 149
咏门球 …… 149
中国获世界女子举重赛金牌
 …… 149
申办2008年奥运会成功
 …… 150
北京奥运会 …… 150
十六字令·中国全获世界
 45届乒乓球赛冠亚军 … 151
渔歌子·游英吉利海峡
 …… 151
十六字令·中国获世界
 女子举重赛金牌 …… 151
十六字令·中国获世界
 男子标枪赛冠军 …… 152
十六字令·中国获世界
 女子竞走赛冠军 …… 152
十六字令·中国获世界
 双人滑冰赛冠军 …… 152
十六字令·中国获世界
 男子体操团体赛冠军
 …… 153
十六字令·中国获悉尼
 世界女子羽毛球赛双打
 金银铜牌 …… 153
十六字令·中国获世界
 第五届羽毛球赛全部
 冠军 …… 153
十六字令·中国获世界
 女子排球赛五连冠 … 154
十六字令·申办奥运会
 成功 …… 154
十六字令·中国获世界
 女子跳水赛冠军 …… 155

九、吟哦启思篇

中华诗 …… 158
夜读唐诗 …… 158
学写诗 …… 158
诗兴 …… 159
诗境 …… 159
诗蕾 …… 159
构诗 …… 160
韵诗 …… 160
诗的品位 …… 160
律诗对仗 …… 161
吟诗 …… 161
赋诗乐 …… 161

一、山水田园篇

瞰羊城春

云山雾逗鸟林桥,珠水飞鱼①银玉昭。
楼插宇云云翾翾,街翘高路路迢迢。
半空流火谁燃着,春日棉灯喜庆烧。
阳映楼璘晶琲琲,羊民美宅小康骄。

注:①飞鱼:海印桥。

登 山

白云潇洒半峰间,萝蔓招摇献上攀。
莺唱宛歌迎客到,溪流奏曲引游湾。
坑风巧翘襟升舞,川霭逍遥袖下闲。
日丽春风松奏乐,天温地热凤鸣山。
岗中有馆人财旺,岭极无寺国福颁。
雨顺风和多乐曲,清平山酒醉红颜。

游白云山

（一）

秋登岭极俏云浮，袖下飞机楼外楼。
汗洗鬓花回少智，胸怀宽阔去千愁。

（二）

摩星岭美雾缠幽，耋老云中隐现俦。
林鸟迎吾娇啭啸，枫红碧宇唤鹰秋。
登峰极目轻身足，压岭情迎举俏头。
心旷神怡松爽着，今朝耄耋乐悠悠。

（三）

康乐园丁老节游，峰腰云系鸟鸣秋。
登巅欢庆峰崇举，高眺宽怀雾敬收。
冷眼夕阳烧艳下，热情群岭托吾浮。
珠江碧玉源无尽，两岸民康丽丽楼。

登秋山

山外枫山山有楼，暮阳秋暮暮添琉。
晚辉红叶飞潇洒，翁乐敷金赤岭州。

夕阳秋枫山

燃燃枫火宅摇烟,酉日敷红染宇川。
轮着陷山熔岭急,烟牛①追艳客扬鞭。

注:①烟牛:炊烟绕成的牛形。

烟雨山居

日落赪燃月岭梢,炊烟透雨丽楼摇。
乡音呼子声嘹邈,楼搭虹弓登月桥。

秋山黄昏美

枫红草赤夕阳熘,醉入金洋唳鹊鸠。
叟唱欲穷千里目,孙和更上一层楼。

游鼎湖山庆云寺

深林梯径翠阴浓,绿树钟鸣云霭中。
鸟啭泉音阊阖乐,人欢笑逐雾仙疯。
男行隐现仙翁舞,女戏雯霄七姐逢。
雾水烹茶天上味,游人迷入广寒宫。

访高山水库

乡山新雨后,气爽夕阳游。
水烁粼光镜,银花美坝喉。
妇迎来客到,老唤下渔舟。
野鸭惊船去,箱鱼惑浪浮。
鲮鳙丰库业,白鸭满塘囚。
熟稻金光灿,风松海浪流。
晚霞沉日尽,夜岭烨星稠。
远电机鸣响,财源在此头。

访山岳农庄兄

青山四绕一盆平，溪水长流百顷坑。
雨打雉飞归别岭，虹帘彩洒美孤棚。
清泉滴石流哆送，绿树纯风爽额迎。
竹卒青衣排仗阵，松兵披甲驻峰营。
暑催红荔甜川宅，热促黄皮香岭坪。
鸭泽鱼塘鱼美味，山葱鹿峪鹿繁兴。
池莲笔绘花颓丽，鲤吻竿羞水笑轻。
蒳宿杯莹心碧洁，蜓降蕾角尾翘情。
虫蛙细语撩情乐，候鸟呼朋欢聚声。
产业幽居访客醉，云筛线急步相兄。

酉时山村美

阳熘免赋稻山田，车笛禽歌乐闹川。
宅上烟驹①追艳日，农兄敬业爽加鞭。

注：①烟驹：炊烟绕成的马形。

乡湖白鹅

柔波晨烁满湖金,远看白帆风顺怖。
突发惊鸣轰皓浪,腾扒圈去大鹏飞。

乡山鹧鸪喧

深山翠绿画眉娇,匆有鸪喧热恋嘹。
风奏松琴鸣远浪,蜂花蕊动乐春交。
林溪瀑布轰山响,岭柚柑香溢气飘。
宅后枇杷金满树,园桃李子垒枝梢。
山楼靓丽新婚厦,鹅鸭游池逗偶摇。

深山寒 (1968年冬)

冬深岭静雾峰川,草赤飘黄洒宅栏。
日霭空蒙仙者境,夜冻冰岳玉龙坛。
山鸡咯咯寻亲暖,独汉思思怀女寒。
唯望天温无冷日,暖乡家院女妻安。

山湖晨

镜上箱箱底碧森,红轮翘岭满湖金。
惊飞野鸭腾圆去,友起笼虾焊酒酣。

咏暮秋

天龙点着熔炉火,烤炼金银溢岭河。
北国熘银敷宅路,南疆洒赤铸金坡。

日潜乡山美

鹰崖水鹤日潜山,百鸟鸣辉鹅唳滩。
小子机鸣时令着,村姑哨鸭入营关。

湖 边

绿柳荷堤抱吻唇，鸳鸯箕下两相亲。
蜻蜓蕾叠双罗汉，色艳动情湖里真。

晓阳集约①园

熔轮喷彩上姗姗，塘岛猪鸣鸟啭喧。
鸭破金粼鱼艇响，鸡群橘地鹤湖旋。
宅前车笛清回峪，学士心倾集约园。
东射云霞西洒雨，天灵地利育庄贤。

注：①集约：用合同形式租用集体或个人土地的使用权。

抛插莳田时

野蔷薇艳燕蛙忙，候鸟催农快莳秧。
妹妹送苗郎接翠，哥哥抛插女修行。
青春男女催春化，水碧风流浪碧光。
塑托育秧科技妙，千年弯插笑昂扬。

溪 水

碧洁情高乐石咽，悠悠恋陂镜湖田。
冷睃河海凌船浪，落走弹歌稻舞川。

山河丽

林茂枫青菊蕾稠，菁华稻密浪风流。
笛声船动河清浪，黄瓦晶辉江岸楼。
免税兴农开产业，扶乡优化富村州。
城乡景美升平乐，社健民康国盛道。

秋乡景

蓝天烈日一云花，鹰唳翱翔啸啸暇。
拖拉机鸣金稻浪，阳催菊艳美山家。
菠萝灯赤煨丘岭，柑橘橙黄满树桠。
卉木更衣红礼服，醉秋身赤好枫华。

湖边乐

晨耀林莲鸟聚分,翘眉神少少纹蕴。
驱鱼鼓岸沉离去,别造凌波起皱纹。

敬暮阳秋

秋风秋色美华天,阳艳阳红金满田。
晚景晚霞霞可贵,于留于我我辉川。

晨阳细雨柳荷田

玉击田荷鼓乐鸣,风盘滚碧妙光倾。
连弹无数簸箕曲,时敲二三更鼓声。
远岭虹门帘雨线,堤杨水敲木鱼情。
楼瓷辉艳蝉红荔,珠满荷盆贡洁贞。

故乡春

莺啼花树燕翩翩，老少春忙车代肩。
妹驾铁牛鸣岭下，哥抛秧插美山田。
天温暖地禾葱茂，府补①兴农活化泉。
国气芳熏山宅美，春风莳绿富家村。

注：①府补：政府补贴耕农。

海浪花

风情浪女无能嫁，吻石追船似一家。
浪妞船兄情万种，岩哥醉妹激千霞。
羞羞邀舞躬身礼，碌碌殉情献素花。
低智单思蛮恋逐，疯痴辣爱白痴丫。

东风撩春容

灵风开柳眼，引暖孕葩胎。
野草梢苞发，香花饰宅开。
蛙情塘鼓漾，燕乐美檐台。
电令应时雨，神舟号春雷。

江南美

商海巨轮洋浪中，奔驰高速奋驰中。
天仙惊见旋天阁，楼道疏车叠叠通。

天堂山（1969年春）

天堂干校大山庭，草绿仲春鸟始鸣。
布谷报春情切切，鹧鸪示爱叫呈呈。
咕难舍舍呼啼唤，咱忆爹爹似答声。
深夜猫鹰孤咦泣，冷风春月独寒情。

天 云

飘逸灵轻花样多，狼头马跃演空戈。
晨阳烨彩兴阳意，午热皓绵篷热和。
日黑黯然何事急，天雷召令雨人禾。
川岚正气翀清宇，雾结云来水满河。

旅游文化节珠江夜（2005.12.1）

响尾烟花万艳和，珠江营造满金河。
霓灯颓洒飞鱼①起，烨海虹船一路歌。

注：①飞鱼：海印桥。

春　阳

百鸟鸣晨聚暖阳，柔柔雨线燕蛙忙。
田园染绿芬芳远，蜜吻花甜赐果香。

步康乐园

霞辉漫道步塘边，近绿荷蜓远艳天。
热雨染莲红朵朵，晨风梳柳柳如烟。

波

热驱寒去暖岚升,心海遭飙惧浪旋。
宇飓狂云天地难,柔风金出满湖田。

鹤湖山

静静湖山雪饰松,清清倒影闪凌溶。
悠悠私语馨馨乐,叱咤呼旋唉艇翁。

忆乐昌干校冰景

雾霭寒流氤大地,青山变皓粤冬奇。
雪山银浪奔腾到,刺骨风刀逐鸟离。
雨夜茅箫①催晕月,冰枝树断梦乡思。
宝珠②檐挂高才宅,玉瓦④金墙贵子居。
巧制草衣银素服,神工树镀水晶皮。
晨光玉叶星星雨,老九腰刀闪闪琪。
日建金居③风奏乐①,夜听茅笛①月沉篱。

注:①茅箫、风奏乐、茅笛:风吹茅舍草墙茅叶发出的音响;②宝珠:雨水流至茅檐结成的冰串;③金居:用金黄色茅草搭建成的草房;④玉瓦:冰封茅草房顶面的冰片。

祖墓山

前湖三面托坟坛，水鹤青松曾护山。
上下龙腾形固在，猪栏湖臭鸟迁川。

夜钓珠江

水泛霓虹天镜粼，鸳鸯不怕钓鱼人。
嫦娥洒烁嬉烦事，扰撩春堤又扯纶。

夜游珠江

霓闪城空任意舒，琉璃别墅望飞鱼①。
人歌月舞游船美，花丽红棉绿树居。

注：①飞鱼：海印桥。

夜静湖天

银盘水月各相瞅，咫尺牛郎织女幽。
哪吒双轮牵两寨，天人法旨隔风流。

晨阳湖

边林偷入金撑树，夏雨恋留荷玉辉。
锦鲤迎吾湖起舞，碧莲高托子清威。

冬山颜

粤岭菠萝金饰鬓，松葳竹翠树青山。
禾田菜绿油油碧，山宅瓷花丽丽栏。
道劲枫红星掌地，箭天荷烈节潜滩。
膜房蔬果萌甜美，科技开村乐乐颜。

沙环气象站

晨阳喷彩海鸣潮,鸥燕徘徊逗我聊。
铁塔①召洋丘岭拜,春风撩卉蝶蜂朝。
西山水牯②谁家牧,东岭松青嫩碧梢。
北兀长坡飞直下,南坟面海数船摇。
天机密察辉红闪,风雨倾情献塔萧。
夜境阴森凌外客,考天灵顺核③昭昭。

注:①铁塔:100米高的气象铁塔;②水牯:形似水牛的小花冈岩石;
③核:核电站。

夏荷池

鸳鸯荷下乐夫妻,岸上情人对对儿。
尖角双蜓亲背叠,风调雨顺满池诗。

夕阳杜鹃山

熠熠鹃红岭烧轮,花宫宛啭画眉巡。
洒金歌醉游山客,珍色迷阳更恋春。

步巽寮湾

迎吾海乐奏琴锣,浪白晶滩弦月珂。
老伴还童同拾贝,温馨怡悦启吟哦。

荷堤观柳

初夏青荷灵鲤跃,东君赋美爽清悠。
毵毵柳绿风流着,池里鸳鸯逗偶游。

中秋东山湖液

童灯烨艳步遄前,宇内弯桥男女仙。
双桨生辉辉潋滟,两天抛玉玉莹妍。
羞羞星旅湖中闪,隐隐银河月下悬。
皓镜明欢华夏子,儿孙共品饼甜圆。

夕阳春山美

鹃红岭赤红阳美,鸟护巢儿乐不闲。
山径情歌缠嬲笑,村灯宅烁闪斑斓。

渔歌子·乡山水

祠宅堂宽碧宇优,风挑熟稻浪金洲。
朝日出,曲溪流,天贻笔架秀才投。

南乡子·游南沙湿地公园

落鸟逐纷飞。鹭宿湖林去又归,母哺子鸣亲近切,依偎。艇动清波闪闪辉。
林木卉青葳。风舞榕须碧碧苇,绿叶柔波陪迈步,霏霏,穗肾新生健竞巍。

鹧鸪天·国际①龙舟邀请赛

竞赛龙舟显赫威，红阳炎照映金辉。鼓鸣催桨江花泼，洋队从中见习来。

阳辣热，队雄魁，国人洋汉竞金杯。今朝两岸同追道，扳浪齐呼点鼓鎚。

注：①2012年广州国际龙舟邀请赛，有106支龙舟队，其中有美国驻广州总领事馆的龙舟队及港、澳、台的代表队。

江南春·游南沙湿地公园

湖碧碧，鸟飞飞。红林群鹤唳，巢鸟子母依。林青入水双连侣，波闪粼辉游艇归。

锦缠道·中山大学校景抒怀

飒飒红旗，绛熠领人前走。路林篷，草坪青厚。赤墙蓝瓦莹如绣。瑞地灵人，博学培才秀。

纪中山立像，道榕道叟，果呈金，子贞无朽。眺江波，辛亥洪流，国共曾同舰，现缺华圆酒。

二、静物魂灵篇

咏石灰石

风磨尖刃凿天关,百爆千锤不痛颜。
恶烈熔温棱角在,洁心开献美人间。

咏 秤

行走遵规步步精,能知人物重同轻。
明朗率直明开正,格节严施哲理清。

咏蜡烛

着髓燃躯熠熠金,火灵催化亮洁心。
赪光耀耀芳辉尽,驱黑扶明忠节襟。

竹 影

蜢舞群飞去又回，千呼万逐不离台。
光明磊落明欢聚，黑昊灵溜绝染陪。

天 雨

细微灵物苏生化，天劣无规毁世潮。
坝限恶涛流远远，驯移萦润育苗苗。

煤 气

无形窜道入宅舍，怪质红炉诱人嘉。
天性有章严律你，忘违悄悄鬼灵家。

银发有感

人寒冷历早飞霜,纯雪雪辉辉皓光。
俭洁生银银洁丽,丝丝剪落育花香。

哑墨声千里

笔缀辞言自不鸣,韵诗开唱落千城。
词蕴懿德飞天下,巧墨生音万里萦。

粉　笔

苗条皓洁吐芳花,信步方圆默默差。
师导秀才坚国柱,儒描忠节压奸邪。
仁身落碎无私献,学子灵心有蕾芽。
园老先生情乐爱,培桃育李满中华。

笔

飞龙走凤劲骄骁,能树江山仁德苗。
智绘青峰摇海动,灵丝引电见雷昭。
真诚子墨成家业,巧驾龙腾动策潮。
地老天长才子伴,终生力架状元桥。

伞

(一)

铁骨蓝衣避紫伤,冬时躲冷格风霜。
征人霰日同征碎,道友篷阳共道凉。
宇布氛云常有雨,山高易雪备无惶。
世人寒暑严防气,伞热身和步步香。

(二)

贱日冷藏门旮旯,贵时高举上头随。
红阳得意悠悠渡,动感雷天泪直垂。

影

憨态追明友不离,阳光作伴乐从师。
刀枪毁杀萦无断,水火难熔半点姿。
手足挥行灵协步,貌形恭揖礼相司。
驱邪杀恶同拼进,救死扶伤合力持。
黑暗趁飞清静去,光明磊落一同驰。

麻 将

老弟乡兄各设筌,弹田万万不分年。
输穷懒败妻离走,子废无能互相煎。

字 典

方洁精灵天下钦,文人珍爱着襟琛。
儒才雕琢阶阶上,博士灵鸣韵韵音。
财长字轻提万宝,皇兄墨重值千金。
光明正大明开献,一视同仁一色心。

钱

自古金钱谁不求，勤劳善获乐春秋。
艰辛立业家兴旺，懒赖谋财人变猴。
见世光身身丽丽，升仙白洁洁悠悠。
阳间珍宝阳间用，鬼府金银鬼不收。

校园桃

春颓腮颊醉东风，夏果丰甜满树红。
子熟仁纯传大地，花开东北又南中。

游森林公园

声声笑语乐心田，慢步悠游老树前。
树朽粗藤生死伴，缠搂不弃合擎天。

灯

日落空蒙必有明,天星白紫各辉莹。
长征引路红灯闪,改革银弧亮国程。

春夜静月

蛙声情切月山蒙,皓镜萦人语邈空。
勿有南林思鸟号,寒鹰莫叫动孤翁。

讽风筝

(一)

摆尾摇头躬又跳,讨人撩扯懒逍遥。
东风不献翘升力,你有何能上碧霄。

(二)

天容你起你醒跳,点首风流意乐陶。
得力熏心翘尾绝,骄消傲去倒头摇。

祖 祠

豁然开朗远峰明，稻熟东风赤浪呈。
笔架雄案培学秀，宽堂亮丽育才丁。
学荣基祖荣开业，俊子明华子奋程。
①东海贻谋锦世泽，中山燕翼振家声。

注：①此联是祖堂神楼的对联。

月初月

钓破云飞出，钩心坐玉儿。
天眉湖眨翢，水月照双思。

月圆逗风欢

明镜云抛挂，朝东敷白纱。
窗偷妖月入，舞步满房花。

中秋月

（一）
风偷西入褥凌花，独笛撩情忘酒茶。
一唳雁音南泽去，瞋鸿声远邈云涯。

（二）
她独思明月，男烟袅远情。
光光圆静静，闭目绕卿声。

十五月明圆 (1976 年)

皓镜西施雪路莹，圆迷窗汉远蛙声。
寒天冽袭窗寒气，独理青丝乱冷情。

深情江月

客乐船开她逐来，温柔眨眼媚情陪。
眉飞色舞亲亲睐，友别分身送到回。

东湖中秋月

是日羊城夜，乡妻三女情。
五人冰镜照，十眼冷圆明。
织女何时会？牛郎水月萦。
疾风扳树响，溅水撒星声。
恶飑云天急，盲萦穗晴瞑。
回神东友去，独起骂天兵。

康乐园赏月

银轮行辗雪轻轻，慢步芳园皓洁身。
沁沁清香园桂溢，体康道健乐无尘。

追 月

靓丽银轮跌落湖，艇浮天上一渔夫。
人缘聚膳情痴找，扳水开天月又无。

岗虫鸣月

妻随同纳暑天凉，阳落星明上月光。
星伴月明明引路，虫喧偶逐逐幽岗。
当年助莳单干稻，今岁共收金婚粮。
合克贫寒艰苦渡，俭勤身导育儿康。
悠悠踏雪私私语，阵阵风花步步香。
月派护身明贴侍，双男二女乐双双。

中秋云月

中华子乐聚圆圆，玉帝何为蔽锁门？
阊阖应明兄弟路，同台庆贺乐天尊。

筷　子

洁直方圆清竹香，龙餐友膳夹情长。
人间苦辣甜酸味，箸箸灵行智品尝。

长短句·珍夕阳

　　红辉暖,温煮攀,日陷熔山秒非闲。　　川桃熟了,山桂花开,香溢溢,奋登峰赏米庚梅。

三、事悟灵感篇

世界第一大坝

——庆三峡工程落成（2006.5.20）

奔雾鸣霞庆落成，银河有舰玉皇迎。
孙毛①思坝囚洪恶，今业平湖驯雨耕。
水上通天兴蜀路，龙腾送绿富民生。
滋田润岭花芳树，大展鸿图又一赢。

注：①孙毛：孙中山、毛泽东。

神舟五号

睿智文明新纪篇，龙人崛起赶超前。
追踪宇宙边庭阁，稳握阳情索昊缘。
探路神舟利伟上，揭飞蒙铁霸空权。
开天辟地中华业，驾月金星再启船。

神舟十号

东风劲驾稳迢迢，华夏航天步步高。
巧接天宫游泳阁，合行神力引萦遥。
天宫住客猷然度，航女科教语美娇。
科技追程飞跃步，龙人睿智架天桥。

中华 2006 年的春雷

东风醒卉芳菲远，时力催开雪岭梅。
三峡通天仙笛响，藏①民奔富火车开。
兴农令废千年税，反哺耕萌万富财。
灵力镰锤②开雨路，三惊世界我春雷。

注：①藏：西藏；②镰锤：中共党徽。

花街竞美

斗艳霓虹会万花，龙春老少竞芳华。
农翁春艳花花眼，瞄慕桃姑①姑叫爸。

注：①桃姑：卖桃花的姑娘。

耕

灵力勤耕田变琛,君捞海月月淫沉。
雕虫琢字源文广,政士耘名见众心。

改革赞

邓[①]公远志栽桐树,龙子浇青引凤巢。
华盛工商红固业,财丰国力稳世交。
国强家富升平着,民业兴隆拓展潮。
自驾神舟情激奋,长江立坝跃天高。

注:①邓:邓小平。

荔枝村

煜红荔伞降丘岭,摘果村姑乐似莺。
叶翠枝丰三丽美,树红人俏两贞诚。
郎车姑摘姑投果,女荔男装男载情。
挂绿免骑机坐去,远航输入俄欧城。

犬年春

西藏火车三峡坝，兴农免税满堂花。
鸿猷十一升平乐，反哺乡耕共富华。

乡友中秋情

乡山友聚月圆情，龙岭抛泉鼓乐声。
个个照泉清得悦，举杯尝月乳香明。

八十寿欢言

光阴荏苒顺天流，暖着阳辉体健道。
天地融和儿立业，心欢怡悦乐悠悠。

蟹 餐

事里公关设飨先,茅台小姐眼晕眩。
明人蟹宴争钳食,衙客衡螯得失天。

回乡感（2003 年）

常见洋楼私有车,古稀犁地姥持家。
童男放牧忙帮插,少女看娃助亚嫲。
有志青年城闯业,无能浪子懒扶耙。
乡耕缺后良田废,野草芬飞着野花。

恩

有智灵胞世有源,飞禽走兽各亲尊。
山羊跪谢母施奶,反哺鸦情报育恩。

酉时闲

恋阳知了小丘鸣,烁烁星光月宇晴。
蜢唤清风芳溜溢,轻言洒脱乐依情。
幽香步月悠悠渡,偷拍萤光闪闪明。
甜爽东风缠细步,天轮亮丽照双行。

双老步梅园

晨葩馥郁爽精神,铁骨芳枝洁丽银。
寒苦梅开今艳日,幽香沁腑引回春。

夜垂纶(1979年)

月下珠江水,光粼闪烁瞳。
穗春双十载,冷夏寡身公。
河鲤无踪影,孤人泪苦忡。
月怜河绝鲤?!请您一江通。

独守孤仓鹰[1]夜鸣（1960年冬）

腊月未明寒黑森，坟边竹林孤鸟呻。
哀鸣惨切寒邻客，惶忆双亲孤孑因。
妹户[2]乡中寒饿泣，吾茕独悲孤泪怜。
寒林寒夜寒思鸟，孤舍孤灯孤苦人。

注：①鹰：猫头鹰；②妹户：妹的户口是农村户口，我工作未转正，无法随迁。

善 勤

辛勤善作居安稳，正道公明路必平。
耕热驱寒温业旺，敛财明哲福情兴。

百花路

春光万里卉葩扬，锦绣花途溢溢香。
艳艳红芳甜有腐，迷心酲醉慎春亡。

旱河垂钓

（一）

天女地牛皇法离，郎君旱岸独垂丝。
周王幸有姜公钓，吾盼雷开鲤达池。

（二）

织女持轮耀下呼，旱河有鲤亚牛哥？
枯潭鲤缺缘无绝，总有云天水满河。

旱桥钓鲤鸳鸯

汉学姜公甚野狂？孤思钓得鲤鸳鸯。
旱潭无水鱼何在？祈帝开流有鲤翔。

答旱桥钓鲤鸳鸯

邓[①]公放闸水峰排，江海沉龙正路开。
水满千川鲛鲤跃，鸳鸯理到乐双偎。

注：①邓：邓小平。

耋翁闲

云瞰峰峰我赏山,悠悠翙翙俩牵攀。
他应急旨缝田急,吾坐亭观卉乐颜。

中华中秋节

夏月上天今又圆,仰头盼聚数千年。
神舟俯瞰嫦娥喜,友日亲情定桂园。

和平鸽
——美英入侵伊拉克

疯牛角火烧伊国,蛮破天规偈力攻。
炮着烽烟民枉死,美开英拉网绝空。

游葫芦山

暮夏花芳岭地青,葫芦云系美如春。
招婚飞彩人欢着,嬉女妖娆幸结亲。
对拜兴情情悦乐,洞房利事事难仁。
葫芦收入风情药,臭草烘茶味不纯。

病入中秋月下酌[①] (1970年)

对一双携醉一杯,思思敬碰赐依偎。
干杯友下东朋在,饮月心明萦远陪。
恶黑云囚俘俩去,瞋睛盼放我人回。
风怜劫狱救亲到,酒着三夫又共台。

注:①此诗是1970年在中山大学化学系塑料厂工作,药物中毒大病后作。

孤庭中秋 (1976年)

银盘洒粉朝东下,秋气撩孤寒桌茶。
丽月无情遗冷去,东君送热透窗纱。

卢沟桥事变七十周年

卢沟战火着烽烟,苦涩八年抗日冤。
鬼子侵城烧杀掠,中华遭劫破家园。
倭人霸道千年恨,抗寇英魂万代尊。
山本阴灵存靖社,日民崇敬战魔魂。
龙腾崛起龙孙记,福里无忘国耻门。

南京大屠杀七十周年

三十万灵千万冤,血河狼哨臭尸山。
山悲海哭江呼叫,地动雪飞霜满寰。
战犯靖存依美府,东条魄落复魂坛。
龙人记血腥风日,科教登峰护国安。

省庆老人节

摩星岭上白云浮,俯瞰珠江银玉琉。
风爽舞台开宇碧,耆娇媪俏放歌喉。

大学湖

碧碧莲湖岸杜鹃，毵毵柳绿鸟晨喧。
亭人朗诵洋人语，花下双研论习笺。

孝

儿行祖训应源果，鸦孝能传父袭持。
子受父因母命续，当今承教选何师。

题永芳堂

中山剑指皇天落，破锢民呼万岁师。
爱国先人华族骨，典当羞押守堂祠。

惜 春

寒日阳和暖岭湾,春时恶气蒙阳关。
幼苗遇冷难成果,公照晚秋已雪山。

狼狐吠日

——"藏独"分子扰乱(2008.3.14)

东阳洒暖赤彤彤,照亮京都奥运红。
龙力惊狐狐发毒,西风播臭臭污空。
美狼装善迷人路,法狸葫芦伪仙翁。
侵战阿伊千万死,人权卫士杀人虫。

汶川大地震(2008.5.12)

地老伸筋千百里,山河滚动岭崩容。
胡温①召令救生急,军警身先立大功。
十万英雄忘我献,七天民暖国怀中。
救灾稳健惊天下,抗震安民亮国风。

注:①胡、温:胡锦涛、温家宝。

国庆六十周年颂

雄道国体众开颜,庆贺繁荣改革天。
西北东南开发路,民村乡镇富争先。
金融风暴华银固,国富丰盈美①赊钱。
藏②铁修成财有道,农耕免税史无前。
神舟飞宇明辉丽,三峡长湖润岭园。
殷实向荣兴盛着,开来更美小康年。

注:①美:美国;②藏:西藏。

港澳回归

龙健收珠和禀奉,多年耻辱雪苍穹。
双珠烨亮中华傲,愿有台湾识时风。

爱我中华

中华历史五千年，先祖精英代代传。
造纸先河华族起，创排活字印书妍。
南针妙出征洋窍，火药明辉传欧燃。
华夏合成胰岛素，长江筑起坝高天。
龙人世界丰财二，我驾天宫乐昊愚。
高志中华飞跃步，民安国盛喜心田。

中国共产党九十诞辰颂

二一①南湖亮烨阳，祛寒暖地闪雷光。
轰驱恶帝三山倒，树起民权五星扬。
智驾龙灵开放窍，勇抨农锢自由乡。
城兴致富乡墟旺，农产丰收工业强。
国富民安温饱实，家兴贫解福甜糖。
长江三峡高天坝，免税扶农社稷香。
盛世中华民启富，铭诸肺腑党施纲。

注：①二一：1921 年。

八一颂

近代殖民狼虎凶，中华受压水深中。
南昌雷动天灯亮，大地雄开解放风。
摧毁三山狐鬼散，扶兴五业旺昌隆。
人民军队人民爱，鱼水情怀建国功。

长 征

万里长征播种机，亲川爱岭有芽丕。
东风柔润生灵醒，阳热温春叶满枝。
惩杀匪狼群体固，开创民业五星旗。
昨天艰苦铭心记，华夏巨龙急奋驰。

台湾野蝉

——讽李登辉认宗日本

见日无风猛扇蓑，枝头嘶叫亚姨歌。
你婆生女无双对，冒认宗亲引鬼倭。

农姑考上大学

农姑考举奋挥毫,榜上登科乐自豪。
女说红榜母愕喜,耕牛贱卖费难操。

思 春

赏枫山里一桃田,衣败营麻春丽妍。
甜蜜追亲时日短,枫花缺艳赤秋天。

爱惜时光

龙跃腾飞岭地芳,今春晓亮更红香。
珍时惜日精诚奋,开足春灵圆小康。

康乐园中秋夜

皓洁天轮俏丽莹,花园会月女歌声。
琴鸣激奋令思逐,线线雄宛溢溢情。

枇杷果园

岭地黄黄宝伞儿,人歌果树树人诗。
金圆百万圆园美,勤得珠财富者匙。

枇杷果专业户

集约耕园科技航,巧栽优化育杷芳。
果时金树圆圆乐,拓展开农富镇乡。

老园丁

东风诚献汜丁园,戴月勤耕乐不闲。
善树扶苗高竞俏,桃红李赤满华山。

庆香港回归十周年

红紫荆花艳悦颜,莲葩清丽乐人间。
黄河水润荆莲茂,熠熠春光照宇寰。

钗头凤·七七事变 南京大屠杀七十周年

卢沟弹,中华难,八年烧杀奸抢窜。三光血,千城灭,海鸣山动,地申天决。雪,雪,雪! 倭狼悍,金陵乱,惨屠民血成河灌。东洋劣,无仁节,否南京杀,愤龙瞋喝。孽,孽,孽!

锦缠道·神舟九接天宫一号

　　妙力东风，细育爱心追索。路迢迢、宇天宫阁。海鹏①刘旺刘洋驾，稳握神舵，手巧灵操作。

　　遂航渊邈霄，捕天神获，接尝离、又亲前捉。吻温柔、搂抱称心。回落航员笑，世友同欢着。

注：①海鹏：景海鹏。

四、人缘灵理篇

夕阳童叟乐

日暮金轮放彩花,红黄绿紫落辉华。
孙呼叟乐忙牵鹉,一道欢怀捉晚霞。

问好龙门环保君

你查空洁地萌康,禁毒江河烟克光。
友别惺亭三缺月,君安业果健与煌?

老人淡泊健身

不比权威福禄钱,心无压力活怡然。
神清知足容颜乐,记喜忘忧健百年。

人　生

（一）
来往化学演云烟，活力营山锦绣田。
适飓清乌为丽日，去炀纯白爱青天。

（二）
天施善恶暖冰田，动看浮沉变万千。
灵物春来萌媚态，识雷珍热破寒渊。

古稀醉夕阳

孙亲儿孝沁心糖，敬老扶持国善章。
节里茅台酒庆福，开怀尽意醉和祥。

古稀初渡暮秋

甜酸苦辣一往清，七十年轮度渡明。
世岭繁花呈味彩，吾崖松绿子飞情。

古稀抒怀

晨曦东海浪金昭,昔梦难圆今着朝。
天赐龙春开洒雨,华救美解菱银苗。
农兄废背城餐米,税免酬耕产自销。
奥运奇功高智妙,神舟胜返乐骄骄。

答友人问安

北闸江流浪水巴,环居花丽鸟鸣哗。
夫妻健步融和乐,儿女成婚奋建家。
阳暖晨开通络步,天明健老赏园花。
东风育艳江山美,景启吟哦乐品茶。

妻六十一寿宴

子女同台宴乐怀,妻容皱摺掩桃腮。
吾妻俏润花何去?飞落千金脸上开。

宝石婚

（一）

同征苦岁四旬坚，老伴持家勤俭贤。
敬老携幼天地暖，和谐邻里德仁全。
婚龄宝石情欢日，妻寿六旬甜共年。
愚子成婚今庆着，门迎三喜喜圆圆。

（二）

中华大地岭峰妍，改革花开艳悦颜。
昔日辛酸今永别，儿婚有业建家园。

探妻农事蝉鸣

午过蒸热辣炎阳，无奈驱牛鞭策扬。
上轭牲知先步走，扶耙拌土种秋粮。
天施法纪无怜意，帝差东君炀脊梁。
她垡山田贫苦活，吾耙酷暑热彷徨。
林中匆有蝉鸣曲，谢你嘈天放荫凉。

忆怀感

父教憎言诚记训,沁心心嘱烙灵存。
多为人善储天德,施恶终成祸子孙。

感 时

晚年霞艳乐欢天,忆少衣条串榆钱。
昔日儿惊无饭食,今求公子吃餐餐。

父亲的蜡烛

哔哔生辉熠熠娟,风流热泪亮心田。
烨光驱黑明儿学,伺子成龙乐上天。

老人健身

天天有笑容颜俏,饱七留三健老娇。
若问康容何秘诀?忘忧忆乐乐儿谣。

怀 远

长城高眺邈雯寰,孔子须相孟子颜。
古有儒家唐政道,今施懿德富民天。
欲观三峡长湖尽,请上珠峰①云彩间。
烨亮镰锤②东宇晓,明天华艳更红山。

注:①珠峰:珠穆朗玛峰;②镰锤:中国共产党党徽。

健 男

甜果香花耐力浇,家温福乐好男调。
慈心教子明仁礼,懿德恒持筑暖巢。
笑笑妻随同步少,心心相印育家豪。
勤劳合作家兴着,父孝儿跟续后苗。

鸭司令

持矛披甲战河田,时刻防兵窜犯垠。
守法卒穷司令洁,召俘虾仔蛋成圆。

探妻回途见白鹭

夏雨晨阳白鹭飞,双双成对扑霞随。
夫侣勿一单离去,举颈长长似泪垂。

老　伴

老土砖房雨琵琶,坚贞乐曲奋持家。
克贫寒境为儿健,独力扶耙种稻瓜。
俭洁耕耘勤有获,老安儿学各无瑕。
青黄春去秋方合,菊贺枫红慰落花。

说处世

世事无谋缺米锅，宏扬虚志必兴波。
深猷隐计罗难少，显赫聪明惹议多。
豁达容人成伟业，文明施善稳风舵。
勤耕岭绿林留润，溪水长流有我歌。

论档案黑语

坑儒众愤骂秦癫，极左王明史指歼。
黑狱牛栏终得雪，冤囚右派又光天。
黄河势逼东淘淀，砂子沉清水碧娟。
衣黑身污能自洁，人曾还老再青年？

家和福

灵理从和快乐过，勤劳致富永兴歌。
和兄孝父家千福，尊嫂敬母银百箩。
妯娌融携兄弟暖，公婆媳蔼子孙珂。
顺然勤俭辛劳作，业盛家康福寿和。

孤雁夜寒飞（1968年冬）

寒月风偷西入嫐，单飞雁叫急怊怊。
游鸿亦有妻儿别，孕妇孤人泪滴宵。

缅怀周恩来

亚非峰会万隆风，反帝平携互展通。
捍卫和平开福祉，安疆建业献贞忠。
高瞻远志精相度，解难施仁尽鞠躬。
总理身魁擎日月，扶民善德子孙崇。

颂毛泽东

近代神州日暗光，镰锤星闪出晨阳。
秋收起义红号角，率领雄师上井冈。
遵义点征明北斗，红军得导灭倭狼。
三山倒塌豺狼尽，开国雄音远远扬。

白天鹅美

初阳洒雨穗红霞,东①白天鹅落潭②沙。
又起穿云含料去,南沙泮筑美巢家。

注:①东:霍英东,番禺人;②潭:白鹅潭。

胡连①牵手

历史车轮启春秋,宗源不息永长流。
黄花岗血明华志,国共仁和复兴求。
自古族和强社稷,今时世道健龙谋。
同征洋恶亲情在,一统中华泯去仇。
世界风云龙破浪,同心合力驾神舟。

注:①胡连:胡锦涛、连战。

朱镕基总理

改革洪潮热浪期,稳开龙舸顺涛驰。
胸怀豁达秉公事,节度康明尽瘁司。
百揿灵梳萌正德,万民同道铁心施。
光明磊落无私献,淡泊荣华贞节持。

人生风雨

天黑宇星明指差,寒梅有智雪中花。
勤劳米饭清香远,暗道谋财鬼上衙。

习 善

慈心一片力扶新,直肚甜肠巧助人。
正气为公明哲理,宽容树德育良纯。
恒持真善人贤义,校实量诚适世臣。
天下行仁心善美,人兴社健健龙亲。

怀念邓小平

忍冤三落丹心志,不惧安危奋战驰。
智举鞭龙掀大浪,坚擎致富深圳旗。
英明决策民生路,破锢开农金窍棋。
港澳光辉明两制,荆莲花丽艳翘眉。
和谐社会萌兴着,国盛家康谢导师。

贺中山大学耄耋老人寿宴

天明阳热暖山香，李绿桃红丁老康。
恭祝园花丰果美，翁媪福禄寿无疆。

中华伟人

现代神州英杰多，留芳历史世人歌。
推翻帝制中山①剑，立国共和泽东②梭。
国结危情剑英③解，中华崛起小平④搓。
恩来⑤华夏忠贞献，灰育山青骨护河。

注：①中山：孙中山；②泽东：毛泽东；③剑英：叶剑英；④小平：邓小平；⑤恩来：周恩来。

忆近代史

腐惛清府烈强燦，舰炮淫威种国仇。
失地赔银民衬狗，烧园劫杀族无庥。
中华火药成洋炮，鬼佬枪弹打我头。
文武状元才缺窍，寇边分割国亡忧。

描伪君子

鼠心莺口唱唠叨,上下逢迎两面刀。
诱下奉司吹鼓手,装神挖地饰天高。

善　事

忍气成和不退财,冲冠怒火失兄台。
宽襟豁达天空阔,固执容颜事必恢。
地霸凌人无路走,天惩恶鬼有鞭雷。
深明道义灵施理,乐善仁心路直开。

中山大学老人寿宴感怀（2007年）

盛世昌隆耄耋香,园丁数百庆安康。
和谐社会仁兴国,敬老思源德旺堂。
耆老开怀耄岁庆,翁媪合贺耋庚芳。
春风洒暖心灵亮,艳宇红霞护夕阳。

醉汉欲钓

面笑步摇身俯歪，头仰趄岸眄漂鞋。
抛纶欲钓缠边树，鲤跃溅睛气醉骸。

老有所乐

耋老怡神忘日斜，赋诗描景又颂花。
歌天懿德兴民福，评府施仁杀恶邪。
击月敲星调美韵，搂山纳海寓灵华。
巧成幽默诗情意，自赏吟哦乐品茶。

它非竹
——讽美英入侵伊拉克

恶帝先驱特力师，明欺杀小虎狼魑。
心胸有气无灵药，死蘖翻生节外枝。

讽蜘蛛
——讽戈尔巴乔夫的政治改革

孔明之计巧城空,卧息图谋得意中。
自作神通高有获,谁知网破是西风。

纽约蟹
——讽美英入侵伊拉克

双螯尖恶忾双睛,八爪横驰刁缺仁。
霸道炮天蛮有理,狼心杀小你非人。

美国乌鸦
——讽美英入侵伊拉克

今朝恶口骂天庭,唯我神圣你不明。
美虎英狼横杀着,何来反哺美鸦情。

美国钓鱼郎

——讽美英入侵伊拉克阿富汗

浅水清清碧丽塘,鱼亲子乐自由翔。
飞戈射甲亡其子,恶杀天伦布什郎。

钗头凤·日本"二战"罪与今日

天明福,邻和禄。安倍①刁赖谁能睦?投降约,仇翻着,改和平宪,否侵华恶。错,错,错! 屠华酷,忏无笃,竟任常国②何情录?安倍阁,还魂作,亲供神社③,植崇烧掠。噩,噩,噩!

注:①安倍:安倍晋三;②常国:联合国常任理事国;③神社:存放"二战"战犯灵位的靖国神社。

忆江南·纪念邓小平南方谈话20周年

天星亮,南地得光辉。华夏启航开锢闸,洲洋高浪猛龙飞,国富神舟威。

五、四季气灵篇

春 时

东风暖地绿茵茵，万紫千红香溢熏。
花闹蜂欢情尽发，机鸣燕乐唤亲春。
老翁阳院曛温理，小子书堂读学文。
花丽人勤方有实，春来冷热适时耘。

春 雨

宇雷轻邈送寒邪，电闪催开草木芽。
天线柔柔勤织绿，川岚袅袅静扶花。
蛙灵破穴宽天地，燕啄春泥喜建家。
今日东风开雨路，明天树果满中华。

春 景

（一）

天润雷鸣草木菲，春风梳卉理香霏。
勤哥巧妹双行早，晓鸟灵簧对啭飞。
路路车忙声脆脆，田田喧笑雨微微。
暖阳曛染禾青翠，华夏人田业叶葳。

（二）

鸟语蜂欢燕啭空，塘蛙鼓闹沸情凶。
花团锦簇芳千树，农老勤栽绿万重。
小子情歌山续荡，行羊雪动满丘中。
洋楼新美瓷晶亮，科技开村业蕾红。
免税兴农酬种地，田青葱茂乐农翁。

春 雷

雷声隐隐启农家，电引东风暖卉花。
造线绣开峰岭绿，催农快播谷芽芽。

仲 春

电闪轻雷宇挂纱,春风莳绿染红葩。
岭香田碧禾飞浪,燕落山楼歌美华。

亲 春

鹃红蜜逗逗人陪,一日亲心到两回。
上下芬芳春美丽,弯抚花感附身偎。

怀 春

桃红艳落子丰桠,四月篷棚尽是瓜。
院树果成鞘蕊下,吾欢有实宠遗花。

夏 情

风雷雨电荔枝红,日热鸳鸯荷下篷。
裸体农孩河泳戏,躬收稻谷数汗同。

秋 情

风凉水冷果甜黄,柿熟荷凋藕上筐。
寒气逐雁枫莽地,农兄惧稻早逢霜。

秋 实

农家收果蔗甜糖,稻熟金波粟豆粱。
榄柚菠萝专业果,瓜仁薯芋上工场。

冰 雪

凛冽凌川摧卉残,冰封松捍卫银坛。
萧萧雪压梅香化,玉制江龙卧固山。

云

暖冷生岚山雾烟,晨阳掩映彩纷妍。
跟风迈宇悠悠渡,冷眼冰封盖黑渊。

风

酷热难和蓄压弓,调平力发去无踪。
东勤莳绿茵茵远,春气吹蛙乐乐中。
夏熟稻呈金浪逐,秋催树果爽甜丰。
北来荷隐收花去,染麦稻粱金样红。

霜 冻

怀峰赖地酷情奢,恋树开胸献白花。
单发相思拥抱绝,东君教化伺芽芽。

农家二十四节令

立 春
草木孕梢桃艳时,农兄祈祷好年期。
东风吹去寒天雪,免赋温人更茂枝。

雨 水
日暖氤氲雨始纷,生灵苏醒喜迎曛。
开年农虑钱耕急,学子无银如火焚。

惊 蛰
雷声隐隐动千村,卉木萌芽草翠茵。
川水蛙情鸣远远,田中燕落又含春。

春 分

(一)
花红草绿谷芽青,拌地耕忙汗涩身。
父晓身先勤示作,儿跟孩学习耕春。

（二）

日贵于晨岁贵春，阳苏万物俏缤纷。
清平世界家园美，天地灵通艳彩云。

清 明

岚氲大地雨纷纷，草绿芽花望日暾。
哥妹抛秧飘碧下，春风浪漫美青春。

谷 雨

红阳紫燕衬虹云，求偶蛙声乐闹春。
今日东风灵浥物，龙腾播雨百川新。

立 夏

草碧瓜花果满畦，南方稻绿绿波飞。
丘坡黄豆青青荚，昔日农兄难起炊。

小 满

日日雨霏霏，泱泱水溢陂。
鱼虾川满子，农妹拔除草。

芒 种

雷鸣水满塘，洪泛造农殃。
旧日耕家苦，磨青谷煮浆。

夏 至

天朗宇蓝清气爽，田禾未熟穗尖黄。
农兄昔日饥荒乱，谷穗青青青押当。

小 暑

稻熟黄川滚滚金，躬收晒背热蒸襟。
耕成粒米汗千滴，香膳农辛永记心。

五、四季气灵篇

大 暑
粤谷上仓农乐襟，荔枝龙眼沁甜心。
皇天挂绿妃娘笑，今日期标粒万金。

立 秋
立秋阳热烤烘农，弯莳背炎炀辣凶。
苦力耕耘毛利少，粗茶淡饭老无供。

处 暑
水满江河溢溢流，风吹莳稻绿茵州。
牛耕手插盈微利，官府工商有甚忧？

白 露
岚气凉风叶液晖，禾苗娇俏易虫摧。
稻青高拔能丰产，切记查虫免穗灰。

秋 分
白露望禾彪，秋分定稻茅。
精心勤作业，细析恰肥梢。

寒 露
稻花落鞘孕悠悠，此刻天寒农泪流。
谷壳空空无米粒，耕兄缺保苦寒忧。

霜 降
起霜红果辣山姜，稻熟金波橘柚黄。
南粤菠萝灯烧岭，富开山地裕农庄。

立 冬
风寒水冷地凝霜，收薯封柑谷上仓。
晒垈冻摧虫灭尽，勤耕备作保丰粮。

小 雪

粤地寒霜菊撒霞，农兄巧作美中华。
鱼鲜菜绿兴财日，温室栽培不谢花。

大 雪

粤地风寒缺雪飞，禾田菜绿巧耕期。
时宜办喜鸿图庆，嫁娶奔驰鼓乐狮。

冬 至

天风请叶树梳光，山地持寒野凝霜。
科技支农芽蕾显，温房蔬果竞商行。

小 寒

南方菜绿金花地，大蒜柑橙满宅园。
今日惠农扶致富，珠三角户小康门。

大 寒

东君驱冷接春归，灵物思思望日晖。
昔日迎春愁白发，今时荤食怕肥肥。

六、植物灵气篇

咏石松

（一）
瘦嵴嶙峋一劲松，鳞根破石活途通。
风来自信扬青发，笑看农田嫩菜葱。

（二）
翼子风流潇洒哥，天公点位我成柯。
霜封雪压何惊惧，志着化凌风又歌。

春松林

东风吹沸鸟花欢，拔节松梢笔万竿。
日日天书清宇垢，轻柔曲乐海潮喧。

夏风松

碧洋幽溢落香坡，鳞柱青宫迷你呵。
牧子灵兴牛背笛，柔扬洒脱画眉和。

杜鹃花

(一)

粉红颊竞白争桠,蜜乐晨阳嘣吻哗。
鸟啭柔情春美妙,满山红染醉人花。

(二)

洁白竞红浅紫开,莺歌蝶舞庆春回。
花欢并蒂成双对,八卦蜂情作子媒。

(三)

杜鹃花里杜鹃啼,切切思音悦耳嘶。
你恋东风情尽赤,我呼春马马留蹄。

(四)

春风柔启卉门开,花乐珍惜乐笑腮。
天赐竞芳分秒贵,鹃争力献血红才。

咏 竹

(一)

虚心规度永青菲,笋子能高脱黑飞。
内洁胸怀坚挺立,清传竞节去污衣。

（二）

青青节亮敬天扬，不怕飙冲铁骨强。
伞日风流摇舞步，耐寒钉地护山篁。
甘心全献棚竿柱，乐意培儒薄纸浆。
若着焚尸恩恶报，烘腔逼节炸无良。

棚竿竹

虚心茎峭质坚才，节节明规青洁鬼。
索地根深擎宇立，成仁耿直建民台。

咏竹笋

竿竿劲索索牢坚，笋笋精尖卫岭川。
固节攀升明节步，虚心规度表心贤。
宽胸去黑清清亮，内洁挑污代代传。
长笔书天呈洁简，风流潇洒爱青天。

竹　子

碧碧清规坚不疏，献关笙乐乐民歌。
箩篮架竹情欢候，冷眼牵牛好上拖。

咏夏荷

雨后晨阳绿满田，珠光翠彩闪盆明。
拳拳蕾美含红笑，把把伞圆施礼迎。
青笔虚心圆大志，荫杯仁子洁纯贞。
天晴蓝美荷青丽，愿地恒存六月情。

咏　荷

（一）

洁节排污篷伞伞，风情美妙扯柔还。
驱泥巧出圆清子，秋隐甜心献世间。

（二）

出水尖青带刺升，忠天志向展胸襟。
花花灿烂倾心放，藕洁甘纯绝黑侵。

（三）

耿直青躯竖两天，轻风花俏舞婵媛。
赪葩夏子杯杯洁，内白甜心节质坚。

（四）

雷令济贫施与珂，天珠不占入公河。
君清碧体容颜丽，蜓吻青杯洁子荷。
风叶巨鳞龙滚舞，花枝揉浪缀纵波。
恋人幽遇鸳鸯对，情醉荷香沁爽呵。

（五）

青山托日映荷田，花叶风流逗我前。
蕾丽眉红微俏笑，游郎自洁别牵缠。

（六）

万箕风度乐招挥，远礼躬身仰吻飞。
笑妙娇花千伞护，虚心护子碧贞祈。

风 荷

水上青姑洁丽姿，风流扭点礼施仪。
红腮蕾俏眉微笑，不洁游郎别下池。

雨 荷

天脚开霾帘雨阴，风生伞舞鸟投林。
青身窈窕清清秀，绿脉箕鸣乐乐襟。
天赐银轻频点鼓，盘收珠泻不贪侵。
驱污自有明身格，传子青芽护洁心。

莲

（一）

红阳翘岭绿莲溪，伞伞风情扭弄姿。
节蘽花芳明世艳，杯青子洁碧心持。
潜身隐练纯清正，尖叶谋圆志大箕。
精丽红葩能不谢，唯望日暖水清池。

（二）

翠绿篷潜修洁甜，卧提朱笔绘花田。
贞葩得子尘无染，碧洁风流施礼妍。

荷 蕾

(一)

苞苞秀丽脸胭脂,跷足青青鲤吻嬉。
水笑轻轻高傲举,蜓君爱吻醉翁诗。

(二)

千竿翠笔舔红脂,窈窕穿空痴笑眉。
不怯飓奸坚挺立,强身劲顶两天支。

(三)

纤腰抿笑逗情姿,圆脸红眉眨俏儿。
青足风流施小礼,温文美妙客见痴。

晨 莲

花君出水两重天,一映双红内外妍。
任你阴阳斜瞄照,青身碧洁一清莲。

咏秋荷

灵巧飞花卸艳妆,沉身斗劫智生藏。
欺凌退让平安渡,忍着时来葩又香。

康乐园中五月荷

柳拭花姑抿笑容,风流伞姐数鞠躬。
池清鲤跃兴情趣,蜓吻尖尖摇妙中。

秋 树

秋征叶去天裎丑,忍辱迎凌破西风。
彪悍畯时坚挺立,岁新枝茂又青龙。

寒三友

季君颂冷皓峰台，松索银龙悍劲才。
坚竹钉川川岭固，寒梅拨雪满山开。

文 竹

（一）

弱叶青青翠雾纷，寒冬有志绿春云。
新生定节明规度，纤体丰姿礼礼君。

（二）

碧雾蒙鞭节节春，妙灵神笔点青鞻。
风流碧翠秋千架，逗逗柔柔的的氛。

园中花

桃贺新春红及时，夏荷花洁出污池。
桂香黄菊容秋度，梅败冬寒傲艳枝。

咏枇杷

粗衣碧绿体道雄,不诱妖蜂自从容。
顺势弓跨坚挺立,英姿劲健傲霜冬。
冰风切木凋零谢,杷乐珠花饰发浓。
冬到有媒寒贱嫁,春怀贵子腹金红。

向日葵

(一)

见世笃明爱亮方,索光维后伺仁忙。
唯惊失子供金顶,不暗操持耿向阳。

(二)

朝迎晚送忠贞葵,渴望光明爱日辉。
秒秒崇阳仁理事,真诚护子乐心扉。

甘　蔗

锋芒未露节先成，日夜盈糖规度生。
不与桃梅争艳丽，烈为人献蜜甜情。

含羞草

开明爱亮蜈姑娘，一触知羞手后藏。
日送绣球招英子，乌蒙免会合思良。

桃　花

（一）

叶赴秋征潇洒去，时凌曲折不弯身。
春君内助苏心里，志着红辉蜜密亲。

（二）

冷冽无情剥绿衣，东风热吻脸胭脂。
春来望嫁私私耳，夏隐婆家吊教儿。

傲桃花

窈窕千姿妙艳红，娇娆抿笑醉妖蜂。
迷情乐极风流尽，失色东君缺子宗。

咏梅花

凛冽荷残地裂开，擂凌破雪俏君来。
冰肌艳丽清香溢，铁志坚贞皓洁才。

小青草

（一）

冬气境残关，东风染绿颜。
青柔腰缺力，不附树高攀。

（二）

寒摧焦萎心灵在，春又根苏碧碧波。
夏日萌葳深爱雨，情留水唱落田歌。

讽罂粟

嫩丽花妖老愿狂，成云窜腑死缠郎。
痴痴不放痴搂骨，白白烟婆白野孀。

水浮莲

牵兄连弟结芳菲，浪起风流荡族威。
同步征潮无怯气，浅根难敌断腕飞。

讽牵牛花

（一）

万千条索索篱头，牛隐潜逃遁地幽。
春夏繁忙号急找，叭叭静举等开喉。

（二）

高高引惑吊红叭，万笛明张造势爬。
春日开图横直霸，奸彪追夺富崩桠。

果

花艳蜂欢勤献爱，情甜苦涩肚中埋。
桃红李赤丰收喜，懒赖刁猴盗掠怀。

咏香蕉

（一）

碧绿苗条正一心，春怀大志展宽襟。
悬红竞富凌青阁，级级开施济世金。

（二）

芭蕉恨冷惜春时，生子多丁吊教治。
苦破衣孩情慰去，一心萦后贵金儿。

红　薯

绿掌竞张争抗日，秋临残战号红叭。
潜藏土护圆猪崽，荒乱无粮它祭牙。

怜木瓜

葳葳叶夹好情花,腋腋搂儿绿伞遮。
子抱母怀亲吻切,孩成惜别泪淋沙。

玫 瑰

娇红艳丽馥芬香,小子回头眼瞅芳。
瑰美人亲情浪漫,贞钩利刺负心郎。

春 叶

柔柔嫩丽妖高挂,莫遇邪风猝落桠。
自重贞心忠护蕾,秋颜别悔惜春花。

金银花

山川岚气一藤崖,光亮阳开路路华。
破石根深银蕾实,行行有叶发金花。

咏　菊

悍敌秋侵饰岭霞,睃观凛冽败青桠。
骑寒艳俏骄扬立,点首绯红笑雪花。

咏苦瓜

灵丝巧挂稳缠攻,得子青颜苦面容。
小少缺甜勤奋着,老康仁富腹金红。

葱

耿直葱情心道长,为人膳事奉青肠。
甘分百段炀油火,世客难忘我质香。

蒜

爱寒萌绿活芽芽,春土羞藏丑小瓜。
乐献开仁芳素洁,纯香远溢益千家。

木 棉

秋君征叶茎云天,钉冷尖寒免抱升。
春姐风流施吻热,木兄羞着赤身情。
红花喜得航天艇,白伞飞行潜地登。
巧树鸿猷谋志足,悠然飘子立新兴。

紫荆花

中华亲育港徽花，阳照栽培茂孕芽。
老树萌苞葩靓丽，新枝硕果荚丰桠。
蓬开焕发青春翠，浓密气鲜干茎华。
花白红蓝迎客俏，长青四季乐千家。

丝瓜田

夏日青青碧海洋，农姑线线吊鲟场。
寒冬亦有鲜鲟市，智造恒春永绿房。

咏高粱

（一）

窈窕春情喜舞风，身壮夏热浪青龙。
西风袭逼凌身赤，富献红珠济老农。

（二）

暮秋寒气练红身，体着赤袍珠惠民。
茎峭节高仁志在，舍躯成扫擦污尘。

品　瓜

南瓜正气滑甜咽，祛热凉瓜苦润清。
啥蜜爽甘亲客味，水瓜干壳退烧应。

咏大王椰

状元桅立属谁家，峭直胸圆去蘖桠。
索地千根扶耿直，狂飙叶劲展风华。

咏学堂竹

青葱叶茂乐逍遥，旧竹竿竿新笋超。
不是先生无竞力，倾心育后赛苗高。

野蔷薇

岭地荒丘随驻安,乐缘恬静立山峦。
芳香未必输桃李,俭洁英威胜牡丹。

指天椒

不择山田与瘠贫,思天成辣望阳春。
嫩柔无味招民指,老硬红仁激奋人。

花　生

心花落地入深藏,坭海遁船千万航。
沉艇纯仁难免管,潜坞索树满青场。

咏中山大学大王椰
——贺中山大学 80 诞辰

擎天玉柱大栋梁，峭直杆彪悍劲扬。
耄老华年丰果庆，仁纯子溢状元香。

中山大学古樟

春冬碧绿巨陀螺，樾樾篷开气爽和。
怀士堂前香启路，中山创道健神科。
人人钦佩雄魁立，伞伞清凉学子歌。
树树篷程儒士道，志坚成学国才珂。

咏中山大学古榕
——贺中山大学 80 诞辰

碧绿浓榕篷道远，葳壮耋体满须桠。
夏葩珠果金丰树，子落天涯又着花。

赏昙花

青男月妹恋无媒,白昼休情夜又回。
酉日龙哥情抵意,恋兄娥姐隐形陪。
倾心媚嬲催开目,薄意郎骄傲笑腮。
可惜缘明芳一显,无能日笑假情才。

咏　柳

先知春到饰金鳞,四月青衣袅袅身。
乐意风流欢有度,任人折献杀邪神。
无畏飓雨挑淋耍,愿作鸳鸯幽意纶。
似静非闲灵理着,梳岚滤气尽清尘。

咏棕竹

锋芒未露节先韬,破土斯文穿礼袍。
识世文明知礼义,暗中行节节情高。

牡丹花

巧立弯弓翘踢跨,红腮心笑笑无邪。
艳妍迷你娇娇放,碧绿扇扶美美花。
专伺深宫穷不爱,好依名阁贵门衙。
今时盛世民荣富,屈嫁财情百姓家。

老树回春

胸怀通透顶张牙,朽态空心有绿桠。
天赐魂灵根窍活,皮春裂碧又生芽。

病 李

葱茂寄生缠体蓬,腰弯裎腴赘憔容。
枝杆眼滴连珠泪,皮内深藏粉蛀虫。
梢萎叶枯兴缺志,身存暗疾自欺封。
重沉何不开腔治?伺忌刀伤大苁蓉。

跳舞兰

（一）

身引丝长玉软柔，妖娆翩转在风流。
灵飘舞美丝规步，升落揉旋迷你收。

（二）

模特千银喜得娇，兰欢妞乐乐无忧。
玲珑俏丽奔驰上，卉主车仨竞美优。

苏铁树

风雷不惧羽翩翩，翼角尖尖鳞甲穿。
冷眼天寒葳劲立，开屏凤德敬人贤。

阳台小花

小叶青青奋发芽，灵萌碧绿密分丫。
葳葳俏俏生机旺，蜜唱蜂歌乐吻夸。

七、动物灵窍篇

老黄牛

（一）

步沉翻地苦耙州，稻熟金田果满丘。
有志耕耘全力献，无私习作爱民谋。
猴心术巧明怀李，鼠口馋涎暗里偷。
众树果香功属我，眼明蹄捷你能溜。

（二）

犁拉磨耙乐夏秋，殚心尽力不论酬。
钱财无味高风格，唯望山青江碧流。

喜 鹊

春鹊恋双幽地头，高翔唳乐好风流。
见人呼叫何情别？警子灵哄滑舌喉。

蜻 蜓

（一）

风雨欲来云脚低，飞机万万满天飞。
雷鸣献玉航天奖，水牢盈珠乐子肥。

（二）

尾尾擦塘连水波，轰轰弹子下沉河。
晶牢练子深囚着，技获成飞征宇哥。

（三）

破水牢飞亮丽睛，狂风不惧战雷霆。
顽强抵敌天弹阵，精锻翱翔竞贺英。

咏工蜂

为族扶宗日夜忙，兴家建业好才郎。
行规准则创公益，世袭传宗代代康。

咏蜜蜂

（一）

珍惜春光敛蜜飞，慈心笃献吻芳菲。
忠贞尽意时时会，满腹甜糖乐乐归。
着爱怀情情切切，葩亲奉蜜蜜依依。
蜂花愉悦温馨里，勤子为家助果祈。

（二）

春风百卉艳芳回，蜜吻花心超格媒。
亲抱红颜身足美，攀爬蕊动启甜扉。
手携精粉银金贵，亲植生源播种胎。
虚爱真胎非本性，辛勤朴实富双财。

（三）

伶俐无私献爱慈，巧知明路识花溪。
劳劳运作兴房暖，苦苦索糖甜众施。
冬冷飞阳开尾蔗，春时追艳第一枝。
辛勤奋发创家福，从不求荣荣自知。

（四）

千亲万吻浪幽家，有意心甜无意花。
孕李结桃弯谢礼，巧兴农果满田瓜。

勤蜂怨

爱阳勤奋劳为乐,时刻携甜满腹归。
日缺明清邪雨恶,公心有翼也难飞。

花蜜甜

春风醒卉芬芳远,勤子盼花时日开。
巧树先花萌媚着,痴蜂首吻好情才。
赪葩美美赪心会,果树弯弯果满怀。
天润暖风生健乐,阳和卉丽蜜恒来。

萤火虫

(一)

磷光互戏幽悠去,室里儿勤习读声。
悄悄萤窗撩子意,我曾荣照状元生。

（二）

闷热晚萤飞草芦，孩欢竞逐乐勤俘。
灵光启窍明儒典，仿古囊萤夜照书。

讽　蝉

袈裟尚士懒高明，日日称能知也声。
从不下行亲卉乐，你明苔类那冤情。

问　蝉

（一）

官居绿树傲蝉鸣，信口雌黄知了声。
冤困那层谁富裕，民甜苦涩你知情？

（二）

暑热林阴见你歌，农夫晒背汗成河。
何能时刻呼知也？试问名烟谷几箩？

题 蝉

震翅扇风乱啸天，孤音知也唱千年。
一调嘈哝人憎气，多韵柔弦民乐天。
自傲高情知了叫，应谦为下献良贤。
嚣喧乱召民封树，无你安身失禀权。

十五月蝉

万里晴空一片云，孤遮半月恨冤冤。
林蝉勿急咿声去，荫处存凶失魄魂。

百鸟归巢

岭陷红轮鸟聚聊，林蓬茂密万千嘈。
叫哥呼姐悠悠语，喂幼依夫乐乐娇。
荫爽情欢飞耍逐，和谐喜悦子母嘹。
风调雨顺江山美，天朗明辉百鸟朝。

晚蝉鸣

见我何鸣咿也声,吾无自傲乐天晴。
家安儿业常知足,灿烂晚霞何不明。

妻听寒蝉（1994年）

叶飞寒落冷生秋,知了沉沉唉低忧。
夏去春消身缺保,天凉露翼气难流。

黄昏白鹭

狂风恶雨雨霏霏,皓洁连衣扒水飞。
电曳雷鸣无畏惧,天伦索念速回归。

蚊

窜裂偷侵落毒牙，阴谋得着伪红裳。
天开罪现明天下，血债还来不报衔。

长颈鹿

三摇四跷慢悠悠，骄倨朝天向上求。
自信持高欺鹿矮，何如低首解干喉。

笼中鸟

（一）

单宿幽居寂寞长，寒风雪夜暗忧伤。
天庭天理天伦乐，她夜她情她冷凉。
独活独思思有泪，孤行孤木木无香。
春消悔有凌云翅，欲奋重飞体失簧。

(二)

金笼丽鸟乐心扉，宛啭甜音不思归。
四壁孤身何以乐？春黄羽落那山依。

(三)

笼中美鸟唳悠扬，悦耳柔柔得意腔。
寄就人篱囚下活，献情怜赏会生香？

(四)

灵鹦鹉舌画眉簧，玉舍银台伺啭扬。
学舌是非囚黑狱，恭维好语得丰粮。
娇妖靓似风流活，失媚孤寒冷寂房。
跋踏卑颜摧魄渡，金迷乐极烧春香。

鼠

(一)

乡亲父老有怨愁，鼠盗仓粮到处游。
群食风流繁疾血，猫王何乐卧墙头。

(二)

爬墙走线技高超，盗窃民粮穴里逃。
国米库存天见少，猫馋食醉醉消哨。

(三)

瓮中美食府中粮，鼠识风情着里藏。
你我睛明心怒气，珍瓷杀贼两难当。

松 鼠

敏捷翘旗眼利明，护山青茂乐巡更。
从容利索和淡事，臭觉灵开笑腐蝇。
动海风松鸣远浪，扛琶赏曲听娇莺。
营峰固岭兴花叶，爱享林天气正清。

春 蚕

（一）

吐尽经纶始闭唇，舒心怡静乐封身。
蜘蛛日夜为私活，蚕子慈怀丝暖人。

（二）

寻场绝食吐丝麻，偈力辛勤比建家。
独力修宫精细美，怡神蛹乐蕨星花。
丽房开献忠贞义，花缎绫绸欧市①嘉。
巧织唐人街旺市，小精灵俏耀中华。

注：①欧市：欧洲市场。

讽 蟹

（一）

水下水椅驱水奇，非禽非兽也非骐。
狂驰战甲双叉举，突眼成仇一炮欺。
硬壳无肠无正气，空心缺脑缺灵思。
横冲绝后停前步，俘上型台拆螯悲。

（二）

秋风气爽蟹王肥，八爪螯凶扒举威。
霸道遭歼清路恶，餮香议甲述横诽。

好 猫

（一）

回家认主吻衣身，日伏夜巡擒鼠民。
审贼庭中扬正义，威振窃客号忠诚。

（二）

健猫擒鼠正灵康，白日养神为夜忙。
蹲黑瞄关严守道，悍行凶捷捉偷王。

家猫撒野

离家奔野乐林宫，抓雀擒鸪快活中。
皓雪驱禽飞也尽，悟回门闭屋空空。

妖　猫

窜路忧忧步步喵，像孩惨叫竖寒毛。
猫情兽醉无天地，野性昏迷乱理妖。

好依猫

房东恨鼠养猫猫，饱食娇闲头体膘。
耗子拖鱼躬一跃，鼠逃赃失又伤腰。

青 蛙

山青鸟语凤鸣和,春水满池蝌入河。
囚解川开施展大,惩虫击鼓庆丰歌。

田 螺

（一）

晶宫业志乐耕田,步步丝探稳直前。
外出银绳拖引屋,富中行俭省房钱。

（二）

明开显贵水晶衣,玉首银身女髻姿。
姗步温柔耕作细,富婆勤业业恒持。

犀 牛

天朗干坑小岛囚,粗身短足缺良谋。
孤寒限食无能脱,挺角尖睁气那仇。

蚌

潜河作业奋犁航,帆起灵控不浊行。
耕旅污沙身自洁,怀珠济世俭勤忙。

啄木鸟

(一)

竖着敲琴技艺真,扳扳拔拔测音神。
精心剔哑鸣清曲,树健成才大地春。

(二)

擎天大树叶灰灰,高术翻生国柱材。
诚谢明医心爱治,时时察蛀护梁才。

螳螂卧箕候杀

静静清池蕾启扉,蜓航尾画水波飞。
螳弓刀隐箕候杀,风巧鱼欢得膳饥。

蝴　蝶

贪新厌旧好风流，乐极轻飘野艳丘。
追色迷花痴色醉，明天冻翼有何愁。

相思鸟

思鸣妙啭唳春梢，恋曲沉迷又宛娇。
今日风和山秀丽，何情婉切动心焦。

黄　鳝

头尖尾小滑灵溜，潜走滕藏技一流。
透底贪深基漏水，田夫歼剁肉茸球。

巴儿狗

似狗非猫洋服袄,娇扒踧踏转妖妖。
无能智缺观颜步,乐主挽撩羞不羞。

家 犬

良门犬善安家主,猎狗凶残逐鹿俘。
贵府欺人倈主子,依荣吓贱扯穷姑。

咏 马

战地烽烟偈直前,奔驰大道你行先。
江山锦绣良驹力,宅丽园红美满川。

驹

初出山场四蹄尘,青驹健悍直奔前。
攻关必达甜甜笑,战果功成默默捐。
好马名荣倌得悦,良驹耿直缺阴弦。
飞程万万尘飘落,力尽神疲挞谗鞭。

讽八哥

(一)

灵簧巧舌学咿哇,尖咀歌言语气差。
句子情辞知几个?慎心成学小乌鸦。

(二)

鸦身黑脸舌长灵,察色观颜学语声。
奴气似娇迷主爱,虚谣乖得美牢庭。

猴

猴王偷果满山游,大闹天宫积罪仇。
触犯天规贪字起,牢禁痛改始开囚。

猪

大耳身曾一朵花,膘肥仁济万千家。
今时胖八人人忌,老少钟情瘦猪扒。

讽翠鸟

(一)

秋霜如剑削荷悲,翠鸟非情默惜枝。
凛冽寒鱼艰苦活,花衣射甲缺良慈。

(二)

江水清明乐小鱼,躬枝翠鸟武凌姿。
良鱼稚善心无恶,射甲亡幼母自悲。

林中蜘蛛

春申时后夕阳斜,勤织天兜网恶邪。
取尽飞蛾清蛀种,山青卉绿绽芳花。

蜘　蛛

抱天灵快脚勤忙,八卦神图卧里藏。
高亮工程明得利,怡然洁智智灵张。

讽蝙蝠

缺羽能翔无暖能,好高飞极窜天升。
宇寒方识凌霆恶,冻落平途绝智声。

壁 虎

抱天行走快如飞,歼杀蚊蝇捷速奇。
倒竖横驰除害毒,清污地洁洁人居。

斑鸠鸣晨曲

春晓升阳唱雨晴,优农免赋乐农兄。
扶兴集约创宏业,哒哒铁牛先进耕。

题 虾

利剑双钗将甲盔,能申能屈是能才。
蹦跳请战无能立,弱足难登将令台?

虾 答

我有双钳剑甲威，弹跳劲哒武身才。
蹦跳请战无须立，跃入晶宫将令台。

蜈 蚣

好阴藏毒暗行伤，见异昂牙傲世张。
仁义无存骄倨示，公鸡笑啄足威亡。

螳 螂

瞪睛示武弓刀挺，装善青裙掩杀行。
骄倨擒蝉攻必得，凶成蚌鹤雀收清。

蜥蜴

龙头缺角蛇非龙，体异鳣皮眼舌凶。
变色蒙人蒙丑恶，阴阳怪足易攀峰。

蟋蟀

格斗无分孙与公，同宗厮杀又何雄。
无能识别亲源理，草草逗撩拼死攻。

龙门三黄鬍须鸡

嘴足毛黄须子鸡，全蒸肉滑嫩鲜滋。
官家食市多笼走，游客尝餐日日思。

公鸡鸣春村春情

东方晓白报晨才,一喔千门快启开。
父早勤耕牛呐崽,母炊孩哭妙春偎。

毛 虫

松毛举齿吓孩鸣,变蝶娃追远远程。
隐弱虚凶应境窍,生存竞逐启灵精。

鱼天塘

镜下天宫鲵帝庭,鲮兵运草鳝鳗稽。
斑鱼劫杀虾营阵,蟹举双钗护洞堤。

蛙 鸣

川田大鼓震天鸣,广告公民事不平。
灭害扶苗遭惨杀,天庭缺法解冤情。

蚁

细小灵虫识雨情,洪临避难大迁营。
征前有察回呈报,出击无闲列阵兵。
独举魁能奇力献,群搬巨重合奔程。
聪明蚁国能施治,守制遵规责律清。

蚂 蟥

菜泽川田驻蚂蟥,追波辨息吻来方。
耕夫血涩枯中苦,窃吸伤人断你肠。

家　鸭

　　破壳能行小调扬，艰辛自力走河方。
　　群开合唱求欢渡，各自难离囚狱场。
　　有翅能衰飞不得，无谋出走屋前塘。
　　沉浮苦涩寻螺食，尖硬难吞泪两行。

鸬　鹚

　　鸦黑潜江水疾驰，身怀绝技夹游鱼。
　　勤追苦获无权食，劳者贫饥逸富余。

鲶　鱼

　　细眼温柔体滑黄，晶宫洒脱乐游翔。
　　关怀友善情安顺，恶意强扰你必伤。

飞 蛾

真诚幼稚爱光天,避黑追明直扑前。
少智缺谋难辨恶,昏冲烈火烈仁贞。

十六字令·鸳鸯

情,对出双飞铁石盟。
深深恋,恩切乐依行。

渔歌子·蚊落蛛网

檐角工程透亮开,自投罗网意恢恢。
蹬手足,唱衰哉,伤人恶道有悲哀。

十六字令·蜘蛛

忠,八卦呈天亮网空。
除虫恶,明妙健民功。

渔歌子·螃蟹

铁甲横开八爪驰,双钳高举霸凌欺。
凶恶脸,大炮飞,无前绝后败军师。

捣练子·螃蟹

高举武,动扒爬,见路横驰战甲车。
怒气弓钳逞道恶,慰民呈膳杀螯爷。

十六字令·牛

慈,日日辛勤不计时。
民粮足,全献乐扶持。

渔歌子·牛

牛子神州献力川,千年勤饰绿华妍。
人后走,你行先,为民克苦达康年。

渔歌子·鼠

钻地贪占窜壁田,狡精灵黠窃仓川。
深夜盗,白天眠,人人痛指杀歼全。

渔歌子·春蚕

洁体修身吐玉丝,缎绸绫美着洋迷。
丝锦路,古蚕驰,唐人世贸九洲知。

捣练子·塘虱鱼

须夹额,眼瞵瞵,慧黠灵溜技妙泯。
夏热炮天鸣腐气,劫灾狡缢草藏身。

十六字令·青蛙鸣

春,唱起东阳画彩晨。
情情切,爱子落裟亲。

捣练子·啄木鸟

探浅表，入深屠，利咀剖挑病核除。
树茂繁花香溢溢，茎擎天固水滋鱼。

渔歌子·啄木鸟

切脉挑疮杀蛀虫，天医神术建奇功。
刀巧妙，理通通，雄心铁志树梁栋。

渔歌子·蝶醉花间

憨态迷花扑扑前，醉追春艳嬉旋旋。
双目眺，手牵牵，无知羞耻死绵缠。

渔歌子·马

勇猛为民偶向前,任劳任怨戍疆边。
风尾直,足生烟,长鸣报捷凯歌喧。

渔歌子·猪

贪食人餐满腹脂,长期拖债难难离。
占必算,欠须清,年账得结惨分尸。

十六字令·斑鸠鸣

晨,辰雨初晴碧绿新。
东风爽,郎妹乐耕春。

捣练子·螳螂

三角颅，臂弓凶，绿士称雄小丑虫。
悄悄轻移裙女步，似姑装善杀裟翁。

渔歌子·公鸡

守职遵规呐令人，晓天鸣唱报东轮。
音亢妙，急催民，金春惜秒爱春晨。

十六字令·蛀虫

空，梁木高超脊髓穷。
花无果，栋树泣污虫。

渔歌子·蛙

阳暖山青雨水丰,蛙声情急日东红。
情切切,意忠忠,呼君惜世爱春风。

渔歌子·鹰

高展翱翔远远瞄,精灵歼鼠护粮苗。
千里眼,力擒妖,人间足食物丰饶。

渔歌子·母鸡带雏学活

头举高仰警四方,咕咕叫雏不离行。
母扒蚓,子随傍,幼儿争食拔河场。

八、运动灵健篇

世界乒乓球赛

中国乒乓容国团①，神州体育晓光灯。
龙威天下乒乓国，健跃金牌统领清。

注：①容国团，是中国体育史上第一位世界冠军。

东亚健将

神州奥运容乒杯①，催化萌生族健威。
李宁腾跳王子步，萍②乒连拍四冠归。
体操龙女冠军着，跳水明霞第一徽。
世界女排三霸阵，中华俄美互拼巍。
英俊龙子众兵将，义勇军歌③五星辉。
天下龙腾龙子健，无龙奥运不芳菲。

注：①容乒杯：容国团的奥运杯；②萍：邓亚萍；③义勇军歌：国歌。

晨 运

仰观碧宇瞭天寰，云白星沉日上山。
鸟语花香欢信步，晨林氧道健心颜。
谈时议事明华哲，说国阳天热冷间。
愉悦宽松飞苦涩，行弓穴脉活阳关。

咏门球

耄老飞雷雷未炸，耄媪挥滚出门衔。
灵竿点活通门窍，老手雷乖令众夸。
逐击心欢如意着，喜开颜俏又春花。
童心趣乐身心健，捷步怡情醉晚霞。

中国获世界女子举重赛金牌

龙腾放彩凤高翔，一举双轮照八方。
巾帼英姿东亚健，半边天动五星扬。

申办 2008 年奥运会成功

七月十三赢,华擎奥运天。
中华挥令日,大地庆龙贤。

北京奥运会（2008 年）

（一）

华夏龙腾彩凤翔,五洲骄子夺金郎。
人人竞作超人梦,国国倾情争国光。
胜者登峰能世一,强群国健获金皇。
高能互动文明着,世界融和世界康。

（二）

圣火鸟巢威丽煌,神民喜爱乐欢狂。
华人护火红天下,奥运风旗飒爽扬。
健将征程强悍竞,英雄战阵夺金皇。
龙灵智巧腾飞跃,竞夺金牌数二香。

十六字令 · 中国全获世界45届乒乓球赛冠亚军

雄，统获金银满贯中。
晨阳艳，东亚健将红。

渔歌子 · 游英吉利海峡

渤海横飘赤子贤，外冲英吉欧英门。
张健胆，国威魂，腾飞海浪动伦敦。

十六字令 · 中国获世界女子举重赛金牌

坚，龙女杨霞劲勇拼。
沉轮起，高举半边天。

十六字令·中国获世界男子标枪赛冠军

彪，华李荣祥匆急矛。
珠峰着，天力猛龙骄。

十六字令·中国获世界女子竞走赛冠军

勍，劲走英威王丽萍。
婵媛步，龙女破天经。

十六字令·中国获世界双人滑冰赛冠军

佼，皓皓征程破雪蛟。
溜灵妙，华夏健龙豪。

十六字令·中国获世界男子体操团体赛冠军

豪，跃马翘杠伶俐苗。
神民傲，中华健将潮。

十六字令·中国获悉尼世界女子羽毛球赛双打金银铜牌

道，赢起三旗赤赤浮。
星星上，寰烁亮天洲。

十六字令·中国获世界第五届羽毛球赛全部冠军

鑫，羽赛华兵智勇心。
龙飞跃，收尽各洲金。

十六字令·中国获世界女子排球赛五连冠

盛，巾帼英威五连赢。
龙姑铁，凤手锢天庭。

十六字令·申办奥运会成功

（一）

荣，华喜首开奥运英。
狂欢着，大地点龙灯。

（二）

迎，亿万华人献智应。
猛龙跃，华夏奋征程。

（三）

威，天赛雄为面奋绯。
红红艳，东海猛龙飞。

十六字令·中国获世界女子跳水赛冠军

佼,敏俏明霞技艺高。
华民乐,碧水美凰娇。

九、吟哦启思篇

中华诗

中华诗脉远唐鑫,平仄抒情妙韵声。
蕴意真明形映现,巧词精叙响音萦。

夜读唐诗

格律铿锵画艺工,看完品味读三重。
萦思绘境呈形显,只顾神追日晓峰。

学写诗

平施出句对①仄应,上对②音调下出③同④。
句不孤平头尾外,末音平仄去三重。

注:①对:对句;②上对:上联对句;③下出:下联出句;④同:基本相同。

诗 兴

江山美景日红彤，谛视灵开一雯峰。
妙雾霞光赪紫绿，燊辉瞬发显诗容。

诗 境

诗中现景画憧憧，定境无边似有终。
更进诗阶深理绘，情开激奋乐其中。

诗 蕾

瞰宽丰储映相霞，突发奇枝生叶芽。
曲直躯干形色现，成英入嚼品评瑕。

构 诗

灵神吃荔勿图吞,去壳留甜品味纯。
弃苦存香离涩气,思圆沁里有甘仁。

韵 诗

寓志词言定律宗,存情韵饰脚音从。
精雕琢字巧辞趣,沉思形显味无穷。

诗的品位

品酒论诗静静温,神开启帐入醇熏。
源源显示憧憧画,景美莺山潜内春。

律诗对仗

（中秋东山湖夜）

童灯烨艳步遄前，宇内弯桥男女仙。
双桨生辉辉潋滟，两天抛玉玉莹妍。
羞羞星旅湖中闪，隐隐银河月下悬。
皓镜明欢华夏子，儿孙共品饼甜圆。

吟　诗

吟哦颂福歌廉乐，平仄悠扬美洁情。
语巧抒怀欢信步，怡情悦渡乐天晴。

赋诗乐

蚕乐勤劳为吐线，丝丝不断自绕缠。
怡然落茧完工醉，闪目心舒乐自眠。